KB050082

그림자는 그림자놀이를 한다

시작시인선 0428 그림자는 그림자놀이를 한다

1판 1쇄 펴낸날 2022년 7월 8일
지은이 김용권
펴낸이 이재무
기획위원 김춘식, 유성호, 이형권, 임지연, 홍용희
책임편집 박찬세
편집디자인 민성돈
펴낸곳 (주)천년의시작
등록번호 제301-2012-033호
등록일자 2006년 1월 10일
주소 (03132) 서울시 종로구 삼일대로32길 36 운현신화타워 502호
전화 02-723-8668
팩스 02-723-8630
블로그 blog.naver.com/poemsijak
이메일 poemsijak@hanmail.net

ⓒ김용권, 2022, printed in Seoul, Korea

ISBN 978-89-6021-639-6 04810
        978-89-6021-069-1 04810(세트)

값 10,000원

*이 책 내용의 전부 또는 일부를 재사용하려면 반드시 저작권자와 (주)천년의시작 양측
  의 동의를 받아야 합니다.
*잘못된 책은 바꾸어 드립니다.
*지은이와 협의하에 인지는 생략합니다.

*이 책은 [문화체육관광부], [한국장애인문화예술원 Korea Disability Arts & Culture Center] 의 후원을 받아 2022년
  장애인 문화예술 지원사업의 일환으로 발간되었습니다.

그림자는 그림자놀이를 한다

김용권

천년의
시작

시인의 말

나를 끌고 다닌
이름들이 이제 보인다
나 아닌 것들이 모두 나였다

버리지 못한 것,
버릴 수 없는 것만 남았다

차 례

시인의 말

9

제1부 그림자는 그림자놀이를 한다

내비게이션

나를 믿을 수 없어서 너를 따라간다

한눈파는 사이 이별은 마구 달려온다

2차선에서 놓쳐 버린 사랑이 생각났다

들뜬 너의 목소리, 백발로 길어졌다

얼추

눈 감으면 있다

대강
대충도 아니게,

추의 감정으로 허공이 휜다

얼추라는 말
내 짐작을 무겁지 않게 더하는 말
무겁다면 너도 모르게
덜어 내는 말,

너의 왼쪽에 꽃다발을 놓는다
눈대중으로

흔들리는
꽃의 무게를 잰다

오징어 날다

검은 태양을 향해
헤엄치는 무리가 있다

파랑을 버리고
할복에 떨어진 눈빛도 지우고

날고 싶은,
욕망의 부리로 이번 생을 물고 간다

얼었다 녹는 몸에
단단한 물의 뼈가 생겼다

그물처럼 펴지는
햇살에 결박당한 영혼,

열 개 다리로도 짚어 가지 못할
칠산 덕장에서

가슴에 박은
대꼬챙이 구멍으로
바닷물이 쿵쿵 쏟아져 나왔다

와인 동굴

시계탑이 속도를 버렸다

놓친 기차는 동굴 앞에 와 있었다

밀봉된 동굴 마개를 땄다

포도밭 사람들은
식당 칸에 기차를 숨겨 두고 손님과 대작 중이었다

동굴은 언제부터 헐거워졌나요

기차는 나를 타고 갔다

레일 없이 달리는 시간을 껴입고
생각 많은 어른이 되었다

나는 달리기 위해
마실수록 가벼워지는 주문을 날린다

목이 긴 병 속에
박쥐의 붉은 눈이 빠져 있었다

신용문객잔

도시가 건너가는 사막에 밥집이 있다 침묵으로 길을 내는 사람들이 사막 한가운데에서 국밥을 말아 먹는다 모르는 사람끼리 아는 것처럼, 원탁에 둘러앉아 겸상으로 먹는다 소주 한 병 앉혀 놓고 내장을 꺼내어 내장국밥을 먹는다 나는 당신을 초대하고 당신은 알지 못하는 나를 초대한다 일인분의 사막을 서로 베어 먹는다 모래바람에 잔을 부딪치는 밥집에 누가 바람 문신을 새겼을까 오늘의 메뉴에 낙타 발자국 같은 도장 하나를 찍고 간다 빈칸을 다 채우면 왕만두가 서비스로 나온다는 사막에 밥집, 97번 버스가 순례처럼 지나고 객장에는 내가 끌고 온 낙타 한 마리 여독을 풀고 있다 오늘 밤, 사막은 어떻게 나에게로 왔을까 말수가 적은 사막에 사람들은 붉은 얼굴에 눈썹이 서로 닮았다

조응*

우묵한 곳이었다
나무가 자라고 돌이 박혀 있던
그 자리

폐허 같기도 하고
시발지 같기도 한 언덕이 내려왔다

청동방울이 흔들리는 동안,

나는 어디서 굴러왔던가

선한 눈빛을 띄워 우리가 되기까지
서로 알아채기까지

지켜보고 있었던가

우연찮게 섰던 자리가
평생의 연애가 되고, 미래가 되고

우리 모두는

제 스스로를 들여다보는
가야의 언덕이 되었다

* 조응: 이우환의 작품. 대성동 고분군 언덕에 있다.

아이스크림

차가운 곳에서 태어난 것들은
한꺼번에 사라지는 발을 가졌다

골목에 눈사람처럼,

말랑말랑해진
몸의 감정을 내려놓는 순간,
얼굴을 깨뜨리며 빠져 죽는다

이것은 사랑의 오래된 기술
당신의 온도에 매몰되는 한통속

냉기가 깊을수록 잘라 먹어야 하는
우리의 사랑은 고요해서

꿈의 입술로 빨았던
눈사람의 흰 젖*

* 신용목의 「나비」 마지막 구절 변용.

분리수거

사랑이 오염되면
그 이름부터 분리된다
지상의 청소부가
눈에 불을 켜고 찾아왔다
구름의 포장을 벗겨 내고
비의 입술을 수거한다
젖은 폐지는
지난 행적을 지우듯,
글자를 흘리고 있다
빗속에 봉인되는
묵서지편을 읽는다
한때, 저를 싸고 온
비장한 말들이 착 달라붙는다
버려져서 닿는 곳은
정갈한 탑의 나라,
껍질들이 뭉쳐서 간다
포장된 사랑이
풀어지는 수요일이면,
나는 지울 게 많아서
나를 싸고 온 것들을 분리한다

산동에서

바람에 물린
나무의 가슴을 보았다

폐가 돌담마다
불어 터지고 있었다

산동에는
노란 것이 피었다 하면 봄이었다

누군가의 몸을
총알처럼 뚫고 나왔다

수유나무는 몸을 풀어
마른 산에다 물렸다

떠난 사람 무사히 돌아오라는
지리산 말씀이었다

산사람은 떠나고
붙들려 온 소문은 꽃의 입으로 봉합되었다

>

굴욕을 모르는 계절이 나를 지나갔다

* 전남 구례군 산수유마을.

북소리

축협 앞을 지나다가 길게 늘어선 차량 행렬을 보았네. 먼 길을 달려왔는지 충혈된 트럭 위에는 다리 풀린 소가 허연 거품을 물고 있었네. 말 못 하는 짐승이라도 죽음의 냄새는 직감으로 알았으리. 차례를 기다리며 서로의 명복을 비는 시간, 맑은 눈에서는 눈물이 뚝뚝 떨어지고 있었네. 긴 혀를 **빼내어** 서로를 핥아 주고 있었네. 기치를 세우고 울리는 북소리는 소의 척추가 무너지는 소리였네. 활천고개 넘어서면 우우 들려오는 울음소리, 찬바람 속에 있었네. 죽음을 팔고 간 도시는 또, 소를 키울 것이네. 우리의 도축장은 더욱 큰 북소리를 벗겨 낼 것이고.

지죽도支竹島

바닷가, 대나무밭이었다
세로줄 불의 무늬가
나이테처럼 감겨 있었다
벗겨진 죽편을 타고 하루를 갔다
틈이 없는 틈이었다
아물고 아문 금, 절리였다
세간에 항변이
죽창으로 일어서던 한때,
구름의 피가 농민군같이 흘러 다녔다
솟아오른 것은
바닥의 틈, 지상의 금이었다
사람들은 그 속으로
하얀 고래처럼 헤엄쳐 다녔다
무너지지 않는 것들은 섬에 모여 살았다
해만 뜨면, 들썩거리던 바다는
단단한 물의 등뼈를
금강죽봉에 세우고 있었다

폐쇄 회로 2020
—CCTV

투명 인간은 지구에 살았다

고백 같은 오늘,
다양한 포즈로 선다

왜곡을 피해
사각지대로 숨어들어야 한다

가시광선이 몸 구석구석 핥고 있는 사이,
난 M모텔에 들지 않았다

너의 관음은
내가 꾸는 꿈보다 깊어지고
용의주도한 나는
관계하지 않는 것들과 관계한다

눈에 불을 켜고
하느님도 보고 있다

나는 매일 저장된다

어젯밤 너는 내가 한 일을 다 알고 있다[*]

* 영화 제목 《나는 네가 지난 여름에 한 일을 알고 있다》의 패러디.

여름 특집

신명은 다 어디로 갔는지 몰라

몽달귀신, 빗자루 귀신, 당목 귀신, 손각시, 태주, 명도
일시에 사라져 버리고 그림자도 보이지 않는다

귀신같다

인간을 사랑한 구미호는 더 이상
배반하는 인간을 사랑하지 않는 것일까?

눈썹 없는 여름은
특집으로 나왔다가 특집으로 사라진다

사랑이 끝나 가는 우리는
얼굴 한 번 본 적 없는 비대면이다
너의 이름을 복제할 수 없다
마스크 쓴 영혼들이 줄줄이 골목을 지나간다

도대체 요즘 귀신들은 뭐 하는지 몰라
귀신 같지 않은 귀신은 안 잡아가고,

>
물이 뚝뚝 떨어지는
우물가에서 휘파람을 불어 본다

그림자는 그림자놀이를 한다

너를 끌고 다니며
그림자놀이를 한다
검은 아스팔트 위에서
하얀 벽지 속에서
꿈틀거리는 자세는 푸르다
아무 데나 풀어 놓아도
나를 따라 도는
너의 언어는 가면처럼 둥글다
힘차게 꺾이는 모서리,
네가 나를 파먹고 있다
그림자가 그림자를 파먹는다
자신을 겨냥하고 뛰어드는
그림자의 표정은 검다
아니 희다
내 전부를 박아 놓은 정오,
굴절의 힘으로 일어서는
연대의 바닥을 보았다
사라지려는 생각으로 길어진다
나를 둘둘 말아 다니는 너는
나를 끌고 다니며
그림자놀이를 한다

시민장례식장

죽음은 딱, 저만큼이다
멀지도 가깝지도 않게
안쪽도 바깥쪽도 아닌
서김해 IC 입구, 저만큼에 있다
상복을 입은 어둠은 칸칸이
운구차처럼 와 있다
호텔 한번 가 본 적 없는 어머니는
꼭대기 층에서 만찬을 즐긴다
마지막 만찬은
시민의 입으로 말한다
신발 집게에 물려서 말한다
덜컥, 물리는 것들이
밥 앞에서 울고 있다
귀 어두운 오늘 밤은
기립한 꽃대에 목을 매고
더 거친 소리로 울어야 한다
엄마 몰래 밥을 먹는 장례식장,
울음의 기념일이
국화꽃을 물고 간다

사랑이란

미치도록 부르는

악보 없는 노래

제2부 나의 다른 이름으로

꼬리 1

행운은 버스를 타고 오듯
대로를 따라온다

창원병원 정류장복권방,
주말이면 꼬리가 길게 나온다

판매소 얼굴 없는 여자는
열댓 발 꼬리를 감추고 있는지,
하얀 손을 내밀 적마다
그녀를 숭배하는 자들이 덥석덥석 잘라 간다

꼬리가 감은 길이 휘어졌다
시청에서 단속반을 세우지만
잘라도 자라나는 꼬리였다

명당이라는 소문은
꼬리를 물고 번졌다

발복은 발품이라며
꼬리들만 꼬리를 잘라 먹었다

부부
—영암사지 쌍사자 석등[*]

초원은
나를 알지 못하네

돌의 혀는 굳어 버렸네

나는 사자란 듯이
영암사지가 사지死地란 듯이

오래된 용맹이
무성한 폐허를 완성하고 있네

무너뜨리는 일도
세우는 일보다 어렵네

죽음까지 같이 가기로 한,
어둠의 부축을 받고 있는
늙은 그 집,

맑은 고양이 눈빛만
석등 속으로 흘러 다니고 있었네

* 영암사지 쌍사자 석등: 합천 폐사지에 있는 보물 제353호.

북어

다시 올 물때는 놓쳤지만,

질주의 페달을 밟으며
푸른 바닷속인 양 회유를 한다

욕망의 바퀴가 구를 때마다
비손으로 누빈 너의 이름에서 경적은
비명처럼 터져 나왔다

시동이 걸린 나의 심장은 뜨겁다 그러나,
물 위로 솟구치는 것은 금물

실타래에 친친 감겨
나를 몰고 다닌 것이
풀 수 없는 지독한 생의 구간이었나

폐차장 가는 날,
비린내 풍기는 너를 방생한다

돌아온 길이
어느 쪽인지 모를 곳으로

라이스 테라스

제단의 끝에는
바람의 지문을 새기는 물꼬가 있다

작아서, 크지 않아서,
들어낼 수 없어서

구름의 노역이 좁쌀로 박혀 있다

실뱀 등짝 같은,
경전을 읽는다는 것은
설흘산 허리에 모춤 몇 장 꼽는 일이었다

남해는 모두 파도가 된다
파도가 되어 남해대교를 건너간다

바다가 들어바친
물결무늬 다랑이 논은
호주머니에 넣고 다녀도 좋을,

108제단 위에 놓인 경전이었다

고당봉 세한도

고당봉 바위 끝에
소나무 한 그루 몸을 세웠다
두 그루가 섰다면
모두 괴사했을 낭떠러지,
스스로 틈이 되었다
나무는 매일 뛰어내리는
자신을 들고 서쪽으로 갔다
붉게 번진 발자국은
혀 깨문 노을에 가장 깊이 박혔다
바람을 잡고 일어선 소나무는
침묵을 지키는 산과
요란을 떠는 사람들의 배경이 되었다
나무는 흔들릴 뿐
비틀거리지는 않았다

영암사지

모산재 넘어서면
합천, 마추픽추 가는 길

꺼진 석등 하나 그곳에 있었네

무지개다리 건너
가릉빈가* 울음이 쌓인 곳이면
영암사지라 하였네

쌍사자 눈빛을 당겨 불을 놓았네

공양의 불빛이
걸어 나간 곳까지 절터라네

폐허에도 빛나는 이름은 있었던가

천 년째 무너지는 집에서
한 번은 올 것 같은,

부처를 주인으로 모신 영암사지 있었네

* 가릉빈가: 부처의 소리를 전하는 묘음의 새. 사람 얼굴을 하고 새의
  화관을 쓴 극락조.

꼬리 2

꼬리는
꼬리만 봐도 즐겁다

흔들지 않으면 꼬리가 아니지
흔들리지 않으면 꼬리가 아니지

나 지금, 흔들리고 있어

너도 나에게
꼬리 한번 쳐 봐!

천 불 천 탑을 짓다

봄이면 화순 용강리 사람들 산에서 회추를 한다 인공 때 올라간 산사람도 아니면서 윗동네 식구들이 터 잡고 사는 바우 아래로 가서 한나절 놀다 간다 불경 대신, 목탁 대신, 탁배기 두어 말 지고 가서 춤추고 노래 부른다 '이고랑 아무 데나 들마 덕 본다니께, 요르코름 옹기종기 모여 사는 것이 한 가족이다 싶제' 삐뚠 코도 만져 보고 못난이 얼굴도 맞 춰 보고 한다 이 마을에는 본시 칠성신궁 별자리가 있다는 데, 째깐한 부처, 씨앗 본 부처, 몸져누운 부처, 함께 두드 리고 노래 부르면, 입꼬리가 빙그레 올라가서 미륵이 된다 천불 천 탑이 된다

파랑새는 있다

탑의 이름을 불러 모았다

잠이 깊은 천 불 천 탑의 동네,

집집마다 걸어 놓은 구름을 수거해서 드럼 세탁기로 돌리면

아침으로 도착하는 꿈은 몇 개나 만들어질까?

그녀는 대략, 들고 온 꿈의 제목만 25페이지 된다고 했다

퍼 올리면 망치질 소리로 늙어 가는 동안,

낮에는 아무에게도 꿈 이야기를 하지 않는다

바위를 쪼개는 일은 구름을 지고 떠나는 일이라고

꼭대기에 앉았다 가는 파랑새에게만 이야기한다

비밀은 높은 곳에 있다

비기를 숨겨 둔 그녀의 배꼽은 자꾸 깊어졌다

탑골

꽃대였다
여기저기 서 있는 것이

우주를 찔러 가는
화순에 꽃대는 천 개,

뿌려지는 염불로
피고 지는 중인가요

돌을 쓱 문지르면
말라붙은,
구름의 지문이 찍혀 나온다

이름 없는 것들을
불러 세워 꽃이라 부른다

솟은 그대로
흔들려도 좋고
꽃대여도 좋을 당신,

>

일어선 것은 모두

금당 쪽으로 몸이 기울고 있다

굿모닝 와불

기립은 꿈속에 있다
내 옆에 눕혀 다오
분연히 일어선 것들은
돌의 잠을 꺼내려고
화순까지 온 거야
같이 누워 보면 알겠지
별을 담아 두는 밤이
점자처럼 밝은가를
공중에 놓아기르는 새가
눈물 없이 자유로운가를
지금은 어둠의 방 속에
화엄이 드는 시간,
세상에 없는 지도 한 장 받아 들고
거꾸로 가 보는 거야
가다 보면, 선혈 비치는 곳이 바로
우리가 사는 곳이지
산사람은 산사람들끼리
풍찬노숙에 드는 날이면,
산문마다 구름을 걸어 놓고
불륜佛輪의 소문만 무성하겠다

죽방 멸치에 대한 보고서

대바늘로 꿰맨
어부의 주머니였다
걸어 두면 바다가 불룩해졌다
죽기 살기로 뛰어들던 놈,
자신을 향해 떨어지는
죽음의 통로에는 입구가 열려 있다
목 좁은 곳에서 바다는 해체되고
밀물과 썰물의 정치만 남는다
마르기 전에는 힘찬 바다였다
몰려다니는 거대한 파도였다
저 속으로 어떤 생이 비껴갔을까
말라 버린 눈알이 빛나고 있다
나도 가끔, 막다른 골목에서 몰리다가
돌아 나올 수 없는 악몽을 꾸곤 한다
들물에 따라 들었다가
날물에 휩쓸리는 멸치 떼,
실안낙조에 끌리는
눈부신 내 몸짓을 보고 있다

나의 다른 이름으로

우리들의 황태는 산을 넘고 있다

입 쩍 벌리고 함성을 지르며,

아가리의 함성이 태백을 넘는다

단단한 결기는 얼었다 녹는 바람 속에 있다

하나의 이름이 모자라면 또, 다른 이름을 꺼내 들었다

바람의 유전자는 어떤 독백으로 날아가는가

호객꾼인 태양은 어떤 침묵으로 죽어야 했는가

눈 속으로 가는 명태 씨의 여정은 차라리 낭만적이다

나는 한 마리 물고기였을 때,

바다의 골짜기, 설산을 넘어야 식당까지 갈 수 있었다

>

덕장에 걸리면 마르지 않는 것이 없다

용대리에 가면 우리 모두 잘 마른 북어가 된다

문워크

막이 내려지면
백스텝을 밟는다
어둠을 들어내고 채우는 것이
그들만의 일이라면 객석에서 난 몇 줄,
사라지지 않는 것에 대하여 쓴다
푸른 비상구를 뚫고 나와
유영하는 물고기처럼
침묵으로 조종되는 그림자처럼
저 속을 빠져나가지 못하고
빙빙 도는 일용할 발자국,
사라지지 않는 것이
사라지는 입 속으로 들어간다
절정과 결말이 묻어 나오는
물컹한 어둠을 만졌다
꿈을 풀어 키우는 달빛 수족관에서
나의 이름이, 뒷걸음질로 흘러나왔다

샤갈

흘러내릴 때
한 몸임을 알았다

너 하나를 던지면
두 개로 쪼개지던 나,

내 꿈은 시가 되었다

달팽이의 식탁

참외밭에서 뚝,
끊어져 버린 길 하나 들어 올려요

토해 놓은 길은
한 아름도 아닌 한 뼘이네요

구불구불 긋고 간 것이
급브레이크를 밟아 생긴
스키드마크처럼 선명하네요

누구는 한나절 밀고 왔고
누구는 평생을 밀고 왔을,
벌서 도착했거나
아직 도착하지 못한 길

자국만 남은 것이
사고 난 뒤 하얀 정적처럼 깔려 있어요

솟았는지, 꺼졌는지 모를 길에
내가 서 있네요

\>

길은 어디로든지 나 있을 테지만
잘못 가면 속도를 버리는 곳에서
우선멈춤으로 돌아갑니다

제3부 옥상을 키우는 거미

파사석탑

왕비릉 다녀온 날은 심한 멀미를 하네요

뼈마디 붉게 흔들려 본 사랑입니다

높이 서야 당신을 볼 수 있나요

붉은 심장을 가진 돌 속으로 들어갑니다

바람의 입질로 물러진 탑의 풍경을 울려 드릴게요

목마름에 바쳐진 나의 노래가

너무 일찍 도착한 당신의 미래를 훔쳤습니다

온전하게 서 있다고 해서 내가 아니지만,

가벼운 몸속에 좌표 같은 돌 하나 올려놓고

비바람을 깎아 만든 탑의 길을 찾아갑니다

측면

어깨 결림이 심해 병원을 찾았다 의사 선생님은 단번에
무너진 측면을 꺼내 들었다 눈길 한번 제대로 두지 않았던
왼쪽 어깨 측면이었다 내가 키우고 유기한 측면의 소리를
듣는다 나는 측면의 감정 속에 살고 있다 측면의 습성은 외
롭고 아둔하다 강직해서 고요하다 무너질 때에는 한꺼번에
와르르 무너진다고 했다 내가 잘 아는 토트넘과 리버풀의
핵심 전략도 일격을 가하는 측면공격이었다 토트넘은 손흥
민을 내세워 상대 외곽을 때린 것이 주효했다 방심한 사이
파고든 측면, 사랑이라 여긴 것이 배후 측면을 노리고 있다

옥상을 키우는 거미

옥상 광고탑에

원빈이 붙어 있다

이나영도 붙어 있다

아무 날, 외줄을 타는

페인트공도 붙어 있다

우아한 자세를 버리면

바로 추락하는 것들,

제 몸을 묶어서 내려오는 거미는

벽의 심장에 손을 심었나

날아가려는 열두 발 목줄이 펄떡일 때마다

주르륵, 벽에서 손이 흘러나왔다

암각화

동해 펜션에서 하룻밤, 고래의 잠을 잤다 바다가 보이는
테라스에 달빛이 뿌려지고 검은 수의를 입은 고래 떼가 바
위를 타고 내려왔다 그곳에는 백악기 바다로 가는 물길이
있었다 말라 버린 물의 근육을 걷어 와 창문에 걸었다 바위
의 잠은 단단해서 어떤 기도로도 열리지 않았다 생각이 뒤
집어진 바다는 그 누구도 바다로 돌려보내려 하지 않았다
아무래도 오늘 밤, 장생포 고래박물관에 진열된 작살 하나
빌려서 바위 속으로 던져 봐야겠다 작살을 내려도 물지 않
으면 이곳은 애초에 슬픈 바다였다는 것을 알게 되지 저 아
래 수북한 모래와 자갈들은 작살에 찢어진 고래의 사체였
다는 것을 알게 되겠지 나는 한꺼번에 너무 많은 꿈을 꾸었
나 팔다리가 사라진 고래의 나라에서 잃어버린 내 꼬리뼈
를 찾아다니고 있었다 박물관으로 간 귀신고래는 작살을 타
고 놀았다

산해정에 대나무를 심으며*

스스로 어둡다 하는 곳에서 맑고 밝은 빛이 일었다
산해정 산죽은 회초리로 섰다가 광풍에 무너졌는가
너무 일찍 도달한 소생의 북천에 반역을 도모하듯이
외아들의 주검을 입구가 없는 토굴에 가두어 버렸다
빗장을 건 토굴은 빛으로 가려진 세상의 무덤이었다
무덤의 생각은 쑥쑥 자라 검은 달의 통로가 되었다가
죽을힘을 다해서 핀다는 대나무 꽃밭으로 날아들었다
지금은 아비도 그 아들도 없는데 뿌리는 무연히 번져
날뛰는 바람 아가리를 틀어막을 그물만 짜 내고 있다
대나무를 심은 것은 봉황의 날갯짓을 보자던 것인데
조차산 남쪽 어디쯤에 목 잠긴 아이울음 풀어 주듯이
산허리 잘라먹은 죽림 속으로 붉은 경적이 날고 있다

* 남명南冥의 한시 제목 「종죽산해정種竹山海亭」.

불놀이야

　노인을 끌고 온 말들이 몽골 텐트 앞에 진을 치고 있다 무
량한 시간 그들은, 쪼개진 대나무 숲을 지나왔는지 마디마
디 맺힌 통증이 죽순처럼 일어선다 조용히 운구되는 몸속
길은 어디로 휘어졌는지 보이지 않는다 톱으로 쳐 낼 수 없
는 대숲에 불을 놓는다 한방 무료 진료소 뿌리 깊은 축제,
폭죽처럼 번지는 그 불 맛은 몸으로 옮겨 붙어 섬광 없이 사
라진다 불탄 자리를 뒤적여 보면 살 집을 빠져나간 댓바람
의 낙인이 찍혀 있다 빛나는 내력처럼 불땀 좋은 검버섯,
다 태워도 시원찮을 불놀이야 신음이 깊어지는 그 숲에 대
바늘 영혼이 살고 있다

바겐세일

몰려다니다 죽은 바다를 풀었다
끓어오르는 숨소리가 바닥으로 흘렀다
어머니는 똥이라 하셨지만
따 내고 버린 것은 정작,
굳어 버린 바다의 내장임을 안다
대변항에서 퍼 올린
은빛 파도였던 멸치의 행진을 본다
버려진 것이 똥이 아니라 해도
우리의 연애는 냄새나는 것이 많아서,
최선을 다해 말라 간다
상속받은 멸치의 일생은
특판장에 펼쳐 놓은 내 얼굴임을 안다

보호 구역

자동차 보닛 위에
당당하게 붙어 있다

나뭇가지처럼 몸을 펴고 호기를 부리지만
여기는 천 길 낭떠러지
미끄러운 곳이다

요행을 바라는 물에는
길들여진 짐승이 사는 곳,

바큇자국에 끌리는
너의 눈빛과
어둠이 내리기까지
바닥으로 굴러야 하는 나의 자세는 푸르다

날아가거라
너는 오늘, 너무 큰 먹이를 노리고 있다

출근길에
나를 끌고 가는 마귀,

제 구역을 잃어버린

사

마

귀

수몰 지구

수장된 다리에서
검은 지느러미가 나왔다

물 안의 사람들이 물 밖을 본다

무엇이 빠져도 잠잠한
흉터 같은 물의 길을 따라갔다

모두를 데리고 간 동네는
수위가 바뀔 때마다 물금을 들고 나왔다
바짝 마른 물의 입술이었다

누가 물속에다 집을 지었는가

달이 빠지고
사람들이 빠져든다

쓰러진 물가에는
목마른 짐승들이 다녀간 발자국이 있다

>
수몰 지구를 건너려면 물의 신발을 신어야 한다
물의 무덤에는 봉분이 없다

몽돌

백골이었다
바다에 공동묘지

이곳을 왔다가 저곳을 건너가는
빛나는 우리라서,
여기까지 굴러온 내력을
줍는다

파도가 살을 발라내는 동안,
비명은 내가 질렀다

모난 것들은 아직,

너를 향해 날아가던
단단한 해변이었다

매물도행

폭력적인 바람은
시차를 두고 찾아왔다
나는 매물도행 티켓을 들고
저구항 무인 모텔에 매몰되었다
바람은 전략적으로
성수기와 비수기를 탔지만,
맹렬히 와서는 섬을 잡아먹었다
그때마다 몸 뒤집는 바다는
미역귀를 풀어
자신의 머리를 삼단같이 틀어 올렸다
바다는 수많은 목줄에 감겨 있다
목을 비트는 오늘 밤은
바람의 농도만큼 물이 차고 빠진다
서로 살을 섞느라
비명 소리가 크게 나던 그날 밤,
당금방파제 넘어온 메밀 향이
선창가 주막으로 번졌다

독거

돌의 뼈를 만져 보았네
천 년, 만 년 갈 것 같은 동네를 버리고
박물관 공원으로 내려온
유하리 마애불,

출생의 비밀을 덮어 버리고
모퉁이에 나앉아 졸고 있네
공원을 몇 바퀴 돌아도 안부를 묻지 않네

캄캄한
독거 속에 손을 넣어 보았네

백발을 지탱해 준 조각들이
역사처럼 만져졌네
굳어 버린 외로움이네

몇 해 전 들어 올린,
어머니도 뼈만 남아 있었네
부러진 금들은 다 끼워 맞출 수가 없었네

\>

안녕이라 말하는 오늘도
공원을 돌고 있는 어머니를 보네

나도 모르는 슬픈 노래를 부르며
따라 돌고 있네

난청 지대

내 귀를 잘라 갔다
사라지고 싶어서,

그 많던 소리들은 어디로 갔을까

내 안에 살던 것이
어느 날부터 나오지 않는다

아내의 잔소리가 먼저 떠나고
새소리, 물소리가 차례로 떠났다

절망을 모르는 사람처럼,
어떤 루머도 자라지 않는다

고요의 정원에서 누가 나를 불러도
모른 척해야지
못 들은 척해야지

너의 입 속을 들여다본다
눈 속에 말을 꺼낸다

\>

침묵으로 만든 스위치를 올리면,
나에게만 들리는 소리가 있다

개나리 급여 명세서

쏜살같이 날아가서
가장자리에 박혀 있다

조목조목 인쇄된 사용 설명서 같은,
어제 다 써 버린
시간의 껍질 같은,

누런 봉투를 열면
알 수 없는 입들이 달려 나와
나를 물고 갈 거 같은,

말일이면
물려 죽은 나를 메고
집으로 간다

공중전화

수족관을 배회하던
물고기가 사라지고
투명한 키스는 박제되었다
거리에서 태어났으므로
실직이라 말하고 도망치기 좋았다
애인은 그때,
무슨 옷을 입고 왔던가
말라 죽은 것들은
십 리 밖에서 혀가 길어졌다
꼭 해야 하는 말은
동전이 바닥날 때쯤 생각났다
묵은 연애는 끊어지고 낙전이 생겼다
고백을 잘라먹고
챙긴 잔돈으로 삼치기를 했다
공중의 힘으로
공중을 건너던 한때,

너

너를 부르고 싶어서
노래 연습장에 간다

아무 때고 부를 수 있는 노래를
아무 때나 부를 수 없어서

제4부 호박꽃 피는 정원

호박꽃 피는 정원

천사의 걸음으로 나팔을 불며 저기,
둥근 저녁이 굴러온다

오래된 정원에 달이 뜨고 밤의 진액이 끓어오르면
나는 너를 파먹는다

저녁의 말은 달다

어둠이 더듬는 구멍마다 밤의 근육을 심었다
밑자리 받쳐 주던 지상의 손들은 매일 밤,
한 아름씩 길어졌다

나는 천 년 후에나 발견될 벌이 되어
꽃 속에 숨는다

작은 날개로도 날 수 있다는 것을
꽃밭에 와서야 알게 되었다

고별전

뼈가 붉어지도록
흔들려 본 적 있나

마지막이라 써 붙인
붉은 글씨가 안부가 되어 매장이 펄럭인다

몸값을 낮춘 옷들이
매장을 걸어 나간다

이별은 내가 선택하는 것,
어디를 건드려도 아프다

그냥 사라지면 안 되나
옷을 입고 벗을 때마다 몸에서 바람이 생겼다

그 바람이 시드는 동안,
폐업은 너의 가장 아름다운 결정문

이제 아무 곳에나 구를 수 있겠다

\>

몸값을 낮춘 사람들이
매장을 걸어 나간다

가라앉다
—서상동 지석묘[*]

가라앉고 있다
내 이름을 장신구로 달고

생전에 없던
공덕비를 이고 간다

지상에 돌을 고인 것은
죽어서도 가라앉지 말라는 것인데

청동의 영검한 무늬를 지우고
제사장의 걸음마저
비석으로 눌러 버렸다

지척인 동사무소에
개인 재산 보전 신청서도 들이밀지 못하고
가명 속으로 가라앉고 있다

내 무덤을 타고 앉은
그대는 누구신가

>
돌 속에 남자,
가라앉아 울고 있다

* 서상동 지석묘: 고인돌 위에 순절비를 세워 놓았다.

퀵드로우 클립 개폐구에 대하여

클라이밍 습관은 꽉 물고 오르는 것이었다 정상으로 가는 길은 아니었다 추락이 흔한 곳에서 허공으로 난 걸음은 놓아 버리고 싶을 만큼 깊어졌다 죽음의 개폐구는 안으로 감아 넣거나 밖으로 빼는 고리에 걸려 있었다 울음을 더 키워야 하는가요 입으면 날아갈 듯한 엑스 밴드는 바람의 목을 걸어 지상을 세우려 했던 자의 날개였다 외벽을 타야 하는 거푸집에 새들은 날개옷을 입고 구름을 담아 두는 우물을 팠다 공중에서 자란 발은 열 발로 길어져서 지상으로 내려왔다 인력시장을 돌아 온 날개는 맨발인 자신의 발바닥을 보여 주었다 윙윙 우는 파이프 소리가 아름다운 것은, 몸을 걸고 날아가는 가지 끝에 새들의 집이 있기 때문이다

답습

바다의 숨구멍을 후린다 육수장망* 고를 풀어 놓고 만선을 기다리며, 파도가 먼저 불그스레 춤을 추면 내림으로 뚫린 눈과 귀는 몸 뜨거운 무당처럼 따라 춤을 추었다 그리 멀지 않은 전설 하나가 신항만 배를 타고 건너갔다 무료한 섬은 더 이상 바람을 부르지 않았다 신전 같은 망루는 눈멀고 말았다 파도는 엎어지고 물때가 바뀐 섬은 심심해졌다 목선의 무덤은 바다였지만 뭍으로 오른 것들은 터져 나온 내장을 노을에 들어바치고 떠났다 눈 밝은 어부의 해도에서 가덕도 숭어는 길을 잃고 말았다

* 육수장망: 6척의 배로 가두어 잡는 가덕도 숭어돌이 전통 어로 방법.

비설飛雪

전생을 들여다본다

죽어서야 머리가 나온 구상나무는
제 살가죽을 태워 산을 넘고 있다

구원처럼 끌고 가는
구름의 부푼 행렬 속에 뼈만 남아 있다

너의 죄는 왜 그리 하얗던가
여기, 저기 쓰러진 것은 백록이었다

돌의 짓이라고
바람의 짓이라고

죽음은 얌전하게 땅에 쓴 지문,
살아서 쓴 것은 모두 헛것이었다

총알을 입고 온
우리 모두는 난민이었다

>
사월 초사흗날,
제주에 굴뚝은 일시에 연기가 오른다

파문도 없이
떨어지는 동백 속으로 오늘 밤,
내가 날아간다

사용 설명서

　오랫동안 사용한 가전제품이라도 작동법이 서툴러 외출 중인 아내에게 물어보는 습관이 생겼다 익숙하고 친숙한 것을 잘 잊어버린다 드립 포트로 커피를 내린다 친절하게 표시된 물의 눈금을 올려놓고 플러그를 꽂는다 온기가 흘러야 할 곳에 과부하 혈류가 흐르는지 주르륵 타고 내릴 것 같은 향기가 내려오지 않는다 타박을 당하면서도 사용법을 다시 물어본다 뒤탈이 수시로 나는 제품, 오래된 나의 사용 설명서를 들여다본다 유통기한 지난 제품은 반품이 되지 않는다 기에 억지로 내린다 불통의 나를 내린다

칠산

연중행사처럼,
덕장으로 돌아온 오징어는
바람의 관짝을 열어 놓고
오징어 놀이를 한다
손은 다리가 되고
다리는 머리가 된 들판은
무성한 입을 달고 날아간다
여기는 누구의 바다였을까
전생을 들어바친
물의 시간이 날개를 타고 갈 때,
길어진 태양의 다리는
일곱 개 물빛으로 솟아올랐다

단감 산성

건너 밭이
달콤해졌다

나는 1번지 밥을 먹고
1번지 사랑을 한다

까치가 날아들면
한길가로 걸어 나온 나무들은
단감 산성을 쌓았다

나무는 모두 등이 굽었다

감꽃 피는 동네에서 누가
붉은 입술을 입고 갔는가

1번지 단감
진영은

달다

투 마치 헤븐

높은 곳을 숭배하는 자들이 있었다
사다리를 놓아기른 별의 갈퀴,
금강계단으로 박혀 있다
소행성 산13번지 사람들은 사막여우처럼 굴을 팠다
돌아보면 뒤가 아득해서 별은 뜬다
감천에 빠진 아이들은 노래를 내어 주고
고무줄로, 골목을 늘이는 놀이를 한다
은별이, 샛별이, 한별이
별을 달고 나온 아이들은
천국의 문을 두드리며 별까지 걸어갔다

화목정미소

양철 지붕 아래로 갔다

붉은 집 대문이 열리자
흔들리는 백열등이 거미줄을 털고 나왔다

탈탈거리는 피댓줄이
들판을 감아 돌리는 사이,

단단하던
바람의 주둥이가 벌어졌다

소출 많은 바람의 경작지에서
끌린 듯 일어서는,
새의 울음을 꺼내어 빗질을 한다

곧 떠날 노인처럼
쿨룩거리는 화목정미소

마지막이 될 것 같은 가을을 풀어
참새들에게나 던져 주었다

황매산 철쭉제

북상하는 두건을 쓰고
바람은,
붉은 심장을 꺼내어 꽃의 그물을 짜고 있다

저 속에 누웠다 간 산사람의 피를
노을에 심는다

하필 꽃은
해가 짧은 서쪽으로 피는지

너의 이름은 참꽃도 아닌
개꽃인데,
산의 반란은 컹컹 시작된다는데,

늦은 봄날,
모산재 화원에서 터져 나오는
꽃의 해방구로 나는 가고 있다

수족관

운동장에 그어진
하얀 트랙을 쇠망치로 내리쳤다

선 하나를 걷어 내자
뚜껑 열린 관처럼,
금에 물린 자들이 쏟아져 나왔다

사방은 무너져
안인지 밖인지 모를 곳으로 흘러 다녔다

무너진 경계,
그곳에는 길이 없었다
나는 한 발짝도 뗄 수 없어 급하게
선 하나를 다시 그려 넣었다

격자가 생기고
없던 사방이 맹렬히 일어섰다

소리가 갇히고 빙빙 도는 물고기의 방,

\>

너와 내가 만나는
완고한 길을 따라 걸었다

나는 갈증에 물려 있었다

파루罷漏*

푸른 종소리를 몰고
은하사가 건너옵니다

인정에 묶었다가
오경 삼 점에 풀어내는
어둠의 열병식,

당신이 걸어와
제일 먼저 닿을 그곳에 걸어 둔
낮의 기둥에 묶인 밤의 매듭입니다

불면은 매듭 탓이라며
종소리에 머리를 감습니다

시간의 둥근 장대를
눈알이 빠지는 달 위에 올려 두었습니다

출근 시간에 바쳐야 하는 꽃과
퇴근 시간에 눌러 찍어야 하는 붉은 도장을 들고
어둠의 귀를 잘라 만든

알람 시계를 따라 갑니다

꿈이 얇을수록
나의 잠은 자꾸 길어졌습니다

＊ 파루罷漏: 조선 시대 통금과 해제를 알리며 종을 치는 제도.

어둠도 귀촌을 한다

오늘 밤 나의 잠은 풀어놓은 안개처럼, 가벼워도 좋고 독방을 깔아뭉개는 탱크를 끌어도 좋다 날마다 찾아오는 안개는 이장 집 확성기 소리로 번져 간다 익숙하지 않는 것에 익숙한 것처럼, 나를 찾아온 저녁의 시체들과 친교의 밤을 맺어 잔치를 한다 빈방에 불이 꺼질 때마다 낮에 끌고 온 길들은 다 끊어지고 밤은 광대같이 줄을 타고 춤을 춘다 어둠의 관에 갇혀 꼼짝 못 하는 나는 죽은 듯이 지나가는 밤에도 결코 죽지 않는다 정년이라는 말도, 퇴직이라는 말도 나의 다른 모습으로 찾아온 이름이었다 오래된 유물처럼 빛나는 밤은 그렇게 오고 나는 녹슬지 않는 잠을 잔다 해가 지면 적막강산인 곳에서 어둠도 매일 귀촌을 한다

내 고향은

남지南旨
물의 걸음으로 간다

웃개나루 뱃사공은 다리를 풀어 놓고 떠났다

떠내려가는 것은 온통
물의 지팡이를 짚어 가는 것뿐이라서,
사공을 부르는 소리마저 늙어 버렸다

강은 어디에도 묶여 있지 않았다

끊어지지 않는 물의 시간을 베다가 나는
직진으로 떠내려갔다

물속으로 간 신발에는
물방울무늬가 박혀 있었다
발 없이 가는 것은 애초에 물이라는 듯이,
그렇게 싹 떠내려가고도 남지

유채밭에서는
추억만 남지

내려놓을 때를 아는 사람의 기록

김효숙(문학평론가)

'내려놓음'은 이별의 심리적 증상이다. 대상을 원격화하여 거리를 두는 것이 이별의 외형이라면, 마음 영역에서의 심리 작용은 내려놓음이다. 거리 벌리기를 하지 않더라도 마음의 자동사가 활동하는 것이 '내려놓음'이다. 마음이 움직여야만 실행이 가능한 세계의 일을 쓰면서 김용권은 내려놓음의 감정이 이별하는 자의 그것과 다르지 않다는 것을 일깨운다.

시인이 인간 개체 수만큼 많다 해도 문제가 되지 않는다. 이별이 다반사인 만큼 상처와 아픔을 어루만져 주는 시인의 말을 기다리는 사람도 많아서다. 세계와 다름없었던 상대를 보내고, 우주만큼 커진 부재를 절감하며, 자신마저 삶의 바깥으로 내몰렸다는 느낌과 함께 인간에게 남는 것은 침묵의 언어다. 시인은 침묵 속에서 웅얼거리면서 어떤 말을 한다. 모든 부자연스러움을 어려워하고 난처해하면서, 더불어 살아가는 데 있어야 할 덕목을 잊지는 않으면서 이전의 세계를 돌아본다. 그 무엇도 될 수 없는 언어가 오직 시詩이기만 한 것이어서 시인도 여기에 있다.

시인이 쓴 약력을 살펴보았다. 경남 창녕 남지 출생. 『서정과 현실』로 등단. 시집 『수지도를 읽다』 『무척』 『땅의 채굴학』. 박재삼지역문학상, 경남문학 우수작품집상 수상. 서울문화재단 창작기금(2018), 한국장애인문화예술원 창작기금 수혜(2022). 〈석필〉 〈시향〉 〈시산맥〉 〈영남시〉 동인. 이렇게 시업詩業으로만 약력을 채울 수 있는 것은 시인만의 특권이다. 집필과 동인 활동, 상훈을 골고루 누리면서 시의 산맥을 타고 넘는 시인의 모습을 보는 듯하다. 시의 고원을 향해 가는 시 수행자의 자세가 거기에 있다.

김용권 시에서 화자는 홀로 회상에 잠겨 외로워 보이지만 그럴 때 정갈한 말이 태어난다. 짧은 형식과 간결한 구문으로 이뤄진 그의 시는 가장 나중까지 남은 말로 써 놓은 것이다. 그래서이겠지만 김용권은 모든 내려놓기의 방법을 고안하는 시인처럼 보인다. 나이를 더할수록 내려놓기를 잘해야 한다는 의도를 노골화하지 않으면서 그것에 대하여 말을 한다. 실제냐 관념이냐는 문제에 매몰되지 않으면서 시적인 결단에 삶을 바친 사람처럼 시를 쓴다. 이렇게 문학적인 발화는, 삶의 심각성과 무게로부터 해방을 꾀하는 작업이기도 하다. 시인은 어떤 결의를 다지면서 시를 쓰지는 않지만, 시는 시인의 의지를 작품 내재적으로 심화하는 과정을 밟아 나가기 마련이다.

『그림자는 그림자놀이를 한다』는 김용권의 네 번째 시집이다. 만만치 않은 사건들을 다루면서도 시어가 간결하고 차분하다. 이렇게 이상한 힘이 시집 전체를 관통한다. 실직·폐업·파산 같은 생업의 문제, 국가 단위의 조직체에 굴종하는 법을 총부리가 가르쳤던 시대, 화쟁의 불가능성을 가능성으로 돌려놓는 마음 수양, 비非인간 주체가 후생後生에 얻게 되는 새로운 이름과 갱생의 의미 등을 내재화한 시집이다. 번잡하기만 한 세속의 삶일지언정 그간에 마음을 다하여 살아오면서 무거워진 삶의 문제들을 다룬다. 관조나 성찰에 머무르지 않고, 그간에 끌어안고 살아온 막중한 문제의 지점들을 표면화하여 그 진상을 돌아본다는 의미가 있다.

내려놓아야 할 때를 알고, 그럴 때 다른 방식의 만남과 삶이 있다는 것을 알게 되며, 삶이 가벼워져야만 자기다운 자기를, 손에 쥔 것 없이 세상에 왔던 본연의 자기를 회복할 수가 있다. 애면글면 끌어안고 살면서 놓아주지 못했던 대상이 설령 사람만이 아니다. 애착했던 소유물들도 김용권에게는 똑같이 이별을 고해야 하는 대상이다. 이별이 두려운 이유가 그간에 쏟아부은 열정과 시간을 회수하기 어려워서거나, 대상을 다시금 자신의 것으로 돌려놓지 못해서만은 아니다. 상대에게 모두 주었다고 생각해 왔으나 그것이 끝내 자신의 것이었음을 알게 되는 사건이 이별이다. 준 만

큼 얻게 된 것이 집착과 욕심이었음을 깨달은 것이다. 이별
이 결국에 자신과의 이별일 수밖에 없는 것은 이러한 이치
다. 자기 안에 도사린 욕심 덩어리를 이제 그만 산산이 해
체하는 작업이 자신과의 이별이다.

　시 형식은 미니멀하다. 그렇다 해서 의미의 선마저 단일
한 것은 아니다. 버리고 내려놓는 일의 어려움을 아는 자라
면 김용권 시 형식의 간결함 이면에 침전된 시적 고투를 능
히 짐작하고도 남는다. 삶과 세속의 번잡함에서 벗어나는
수행자의 마음으로 그는 시를 쓴다. 내려놓으면서 더불어
비워 내야 할 내용에 김용권은 시어의 지분을 상당히 투여
한다. 그의 시의 미니멀리즘은 시 쓰기로 구현하는 내려놓
기의 한 방식이다.

1. 온 세계가 관여하는 그림자 존재론

　김용권은 '정신'의 시를 쓰는 시인이다. 그렇다고 해서 그
가 인식의 팽창을 자랑하거나, 깨달음을 성급하게 알리거
나, 주관적 관념을 절대화한다는 얘기가 아니다. 정념을 덜
어 낸 정갈한 화법으로 이 세계의 본질을 탐사하는 화법 구
사가 『그림자는 그림자놀이를 한다』에서 펼쳐진다. 짧고 간
결한 시편에 실린 다양한 움직임들은 무심코 발생한 듯하
지만 그 순간에만 보이는 일회적 진실이 담겨 있다. 말없이
움직이는 사람 같은, 물상 같은, 만유의 어느 일부분 같은

존재는 표제 시에서 보듯이 허상이라고나 해야 할 어떤 대상이다. 이렇게 김용권은 헛것 같은 것으로부터 본질을 유추하면서 세계의 진실을 발설한다. 아래 시에서는 현상으로서 그림자에 어떤 본질이 있는지 질문을 품은 시인의 생각 회로가 매우 분주해 보인다.

너를 끌고 다니며
그림자놀이를 한다
검은 아스팔트 위에서
하얀 벽지 속에서
꿈틀거리는 자세는 푸르다
아무 데나 풀어 놓아도
나를 따라 도는
너의 언어는 가면처럼 둥글다
힘차게 꺾이는 모서리,
네가 나를 파먹고 있다
그림자가 그림자를 파먹는다
자신을 겨냥하고 뛰어드는
그림자의 표정은 검다
아니 희다
내 전부를 박아 놓은 정오,
굴절의 힘으로 일어서는
연대의 바닥을 보았다
사라지려는 생각으로 길어진다

나를 둘둘 말아 다니는 너는

나를 끌고 다니며

그림자놀이를 한다

　　　　　—「그림자는 그림자놀이를 한다」 전문

　그림자밟기 놀이를 연상케 하는 시다. 그러나 이 장면에
는 타자의 그림자를 밟으려고 뛰어다니는 아이들이 있다고
보기 어렵다. 검은색과 흰색으로 이분된 세계에서 그림자
의 채도가 어느 쪽으로 더 가까운지가 관건이다. 흰 그림자
는 없으므로 "그림자의 표정"이 희다는 것은 그림자가 사라
졌다는 뜻이리라. 도로나 벽에 어른거리다가 사라지는 그
림자를 떠올리면서 이 시를 보면 될 듯하다. 이때 그림자가
허상이라는 관념으로 접근한다면 틀림없이 본질을 회의하
는 자다. 그림자는 외부의 조건으로 결정되는 것이지 그 자
체로 발생하지 않으므로 시시각각 변하는 현상을 순간적으
로 현시할 뿐이다.

　화자는 '너'로 호명하는 자신의 그림자를 의식하면서,
"너를 끌고 다니며/ 그림자놀이를" 한다. 놀이를 벌이는 것
은 그림자가 움직여서라기보다 빛이 관여하고 있기에 생긴
일이다. 화자와 그림자의 역할이 바뀌기도 하면서 놀이는
이어진다. 그림자는 단지 희거나 검거나 한 형체이고, '없
는 표정'은 '없는 그림자'의 다른 말이며, 아메바처럼 전변
하는 실루엣이 그 본질이다. 정오에 이르자 화자의 발밑에
자신의 "전부를 박아 놓은" 것처럼 사라졌던 그림자는 이때

를 정점으로 다시금 길이를 변주한다. 자신의 신체가 불변이라고 믿는 인간은 찰나에 변하면서 나타나는 저러한 음영을 보면서 존재의 항상성도, 외형의 일관성도, 인간 형상의 개별성과 고유성도 확언하지 못한다.

말하자면 그림자 형상은 외부 조건에 따라서 바뀐다. 그림자가 있거나 없는 것, 시시각각 변하는 일을 화자 혼자 온전히 주관하지 못한다. 이것이 이 세계가 움직이는 이치다. 화자를 둘러싼 세계가 개입하여 그림자 현상을 찰나에 바꿔버린다. 음영이 검거나 희게 되는 일에는 빛과 화자의 거리가 관여한다. 그림자 중심으로 보면 이 세계의 바닥이나 벽은 온갖 그늘들로 점철되어 있고, 단지 광도가 차이 날 뿐인 세계에 그림자들은 포개져 있다. 빛의 파장이 본질을 투과하려 할 때만 나타나는 그것은 허공에서는 존재감을 표명하지 못한다. 인간 심리의 저류에 벌거벗은 채 잠겨 있는 무의식처럼, 그림자는 직진하던 빛이 굴절되거나 마주한 어떤 물체, 즉 벽이나 바닥 같은 것이 있어야 한다.

그림자는 본체가 납작하게 압착이 된 '나타남'이다. 표정은 없더라도 본체의 '있음'으로 그림자는 존재한다. 여하한 발광체들이 그림자의 생존에 관여하지만, 결정적으로 본체가 없으면 그림자도 없다. 물질의 존재감을 그림자 형상으로 표명하는 '너'를 화자의 그림자로 지정하고 읽다 보면, 이것이 다른 그림자 형상과 중첩 · 충돌 · 연결되면서 부단히 죽거나 사는 모습으로 나타난다. 김용권 시에서 그림자는 유아唯我적 독단을 회의하게 만들고, 변하는 그림자 현상으로 인간의 본질을 사유하게 한다. 온 세계가 관여하면서 인간의 본질은 그림자처럼 변한다. 수시로 변하는 마음이 행동을 유발한다는 사실에 무지했던 인간에게 그림자는 일시에 일어났다가 사그라지는 관념처럼 무상하다. 그림자에는 표정이 없으나 몸 주체가 할 수 있는 말들을 대신한다.

이 세계를 그림자 현상으로 관조하는 화자는 거대한 세계 속에서 움직인다. 그의 존재감을 단일한 지식으로만 매길 수가 없다. 그는 자기 외부의 그림자 같은 존재자들 사이에서 또 다른 그림자다. 자신의 본질이 그림자일 수밖에 없는 이치를 외부의 그림자로부터 알게 된다. 그 누구도 자신의 그림자일 수 없다는 인식으로 고독한 자신을 자각하는 일. 숱하게 포개져 보았으나 서로에게 무지한 그림자들이 "연대의 바닥"을 꿈꾸면서 그 바닥을 공유하는 일. 이것이 시인이 그림자에 실어 낸 마음의 현상학이자 존재론이다.

2. 가장 나중까지 남은 말

삶과 죽음의 사건은 흔히 '쥔 것 없는 빈손'으로 비유된다. 벌거벗은 몸으로 이 세계에 던져졌다가 같은 조건으로 죽음을 맞는 시간에 인간에게 남은 것도 그 몸이다. 오직 자신의 몸으로 삶과 죽음의 형식을 알려 주는 일은 인간에게 처음이자 마지막 능력이다. 본래 그러한 인간이 세계의 물성을 탐닉하면서 소유하게 된 것들은 목숨처럼 버릴 수 없는 것이 되어 간다. 그것은 몸 주체가 세상을 하직하려는 시간이 되어서야 보이기 시작한다. 어떤 이에게는 그 소유물이 거추장스러울 것이나, 어떤 이에게는 천수·만수를 보장해 주는 물적 조건이기도 할 것이다.

물성으로 가득한 세계에서 그것을 내려놓는 사람은, 그간 끌어안았던 욕심을 내려놓을 때를 알게 된 이들이다. 그런데 애착 대상을 잃는 일은 이제껏 쏟았던 마음을 거둬들여야 하는 일이어서 스스로 상처를 입는다. 심지어 상처이기만 한 것이 아니라 크기를 잴 수 없는 공동空洞이 마음에 생기기도 한다. 시인이 썼듯이 '사라지고, 버리고, 덜어 내고, 쏟아지고, 지우고, 넘고, 떠나고, 벗겨 내고, 미치고, 마르고, 흔들리고, 무너지고, 빠지는' 모습들로 아픔은 나타난다. 그가 아무리 정적인 인물이라 할지라도 이러한 활동들 때문에 어느 날 문득 삶의 지평에서 가시적인 존재자로 부상한다. 그는 많이 아픈 사람이다.

이 시집은 "나 아닌 것들"(「시인의 말」)이 "모두 나"였다는 사실을 알아 가는 기록물이라 할 만하다. 내려놓고 버리는 일을 거듭해 왔으나 결국엔 "버리지 못한 것, / 버릴 수 없는 것만" 남았다는 고백 속에서 이 시집은 태어났다. 그것이 무엇인지는 시편마다 흐르는 정조들이 말해 준다. 자신의 외부자라고 여겼던 대상이 모두 자신이었다는 자각, 숱하게 버렸으나 작별하지 못한 것들만 여기에 남아 있다. 버린 것에 대한 회상과 안타까움으로 짓는 시가 아니며, 버리지 못한 것을 갈무리하는 시인의 심정을 시편에 담았다. 어떤 형태로든 떠나보내야 했던 모든 이별의 형식 안에서 이 시들은 태어났다. 대상을 버리는 일은 집착에서 벗어나려는 몸부림이며, 자신 안에 온존할 수 없는 대상이 유발한 고통과 괴로움을 덜어 내어 평안해지는 작업이기도 하다.

　　너를 부르고 싶어서
　　노래 연습장에 간다

　　아무 때고 부를 수 있는 노래를
　　아무 때나 부를 수 없어서

　　　　　　　　　　　　　　　　—「너」 전문

　이 단형시에서 대표적인 감정은 '너'의 부재와 관련한다. 너가 없어서 노래방에 가고, 그곳에서 너를 부르듯이 노래를 부른다. "아무 때나 부를 수 없"는 너가 언제든 부를 수 있는 노래처럼 존재한다고 상상할 수 있는 곳이 노래방이다. 너를 찾는 일이 노래 부르기로 가능해지는 것은, 언제나 부재로만 자신을 증명하는, 실체 없는 너와 노래의 속성이 같아서다. 그리운 감정을 매개하는 노래마저 없다면 그의 그리움도 사라질 것인가. 그렇지 않다는 것이 시인의 생각이다. 그리움에 겨운 이는 노래 부를 수 있는 곳이 그 어디든 찾아간다. 노래에 그리움을 실어 보내는 감정의 중량을 잴 수 없을 만큼 그것은 있으면서도 없다. 이것이 무게의 중압에서 벗어난 그리움의 감정이다.

시인은 사물에 붙여진 이름을 다시금 새롭게 명명한다. "사랑이 오염되면/ 그 이름부터 분리"(「분리수거」)한다면서, 더는 쓸모없어진 물품처럼 버려지는 사랑의 의미를 생각한다. 유효기간이 남아 있는 사랑이 "포장된" 물건 같은 것이라면, 유효기간이 만료된 사랑은 알맹이가 빠진 채 "껍질들이 뭉쳐" 있는 것과도 같다. 인간이 만든 것 중 영원히 유효한 것은 없다는 관념대로 사랑도 역시 그렇다. 그럴 때 "지울 게 많"아지는 것은 사랑과 이별의 공식에서 당연한 일이다. 일심동체라고 믿었던 이들이 감정을 분리하는 아픔을 거쳐, 낱낱이 찢어지고 해진 그것을 마음 바깥으로 배출하여 수거해 가도록 하는 것이 이별의 시간이다. 오염된 사랑이란, 시적 상황으로 보건대 포장지에 둘러싸인 물품 같은 마음, 즉 내용보다 포장이 더 중요해진 두 사람 간 관계성이 아닐까 한다. 표면의 반짝임과 그럴싸함으로 알맹이를 과장하여 보여 주기, 심지어는 애초부터 없었던 알맹이의 순수성을 감추기, "포장된 사랑"의 방식을 아름답다 여기면서 그 상태를 연장하기. 이것이 시인이 포장을 풀어 헤쳐 "지울 게 많"은 껍질을 분리수거장으로 배출해야 하는 이유다.

또 다른 시에서 시인은 단일명을 쓰지 않는 어류를 만난다. 북어가 그 주인공이다. "하나의 이름이 모자라면 또, 다른 이름을 꺼내"(「나의 다른 이름으로」) 쓰는 어류의 생은 아이러니하게도 죽음으로부터 시작한다. 이 물고기가 생태 · 북어 · 황태로 불리도록 조건이 되어 준 엄동의 기온 · 바람 · 햇빛 때문에 어류의 삶이 바뀐다. 그러나 그것은 어류의 삶이기보다 인간의 식생활에 이바지하는 삶이다. 인간의 식탁에 생태라는 이름으로 오르기 전에는 이름 없는 "한 마리 물고기"였을망정 대자연 속에서 엄연한 생명체였다. 잡혀서 "설산을 넘어" "덕장에 걸리면" "모두 잘 마른 북어"로 삶이 전환한다. "밀물과 썰물의 정치"(「죽방 멸치에 대한 보고서」)는 거칠고 가혹하기만 하여 온몸으로 맞서야 했다. 생명이 물질화하는 그 시간에는 숨이 끊어졌다는 사실 하나만이 이 어류의 존재 이유다. 생명이 물질로 전환하는 시간의 절대권에서 다시금 인간의 시간 안으로 예속되는 일은 저 생명체에게 인간이 부과한 공평한 조건이다.

이와 같은 관념들을 시인은 인간 삶의 비유로 보여 준다. 광대한 바다에도 길은 어디에나 있고, 먹이를 찾아 나선 달팽이의 들판에도 길은 열려 있다. 그러나 같은 이유로 언제라도 잃을 수 있는 것이 길이라는 생각으로 시인은 잘못 든 길에서의 행동 요령을 다음같이 전한다. "우선멈춤으로 돌아갑니다"(「달팽이의 식탁」). 이러한 지도적 발언도 김용권 시에서는 한 줄의 문장으로 빛난다. "잘못 가면 속도를 버리"게 되는 곤란한 상황을 피하려는 것이 인간이다. 때문에 잘못 든 길을 자처하는 방랑자의 삶은 "스키드마크처럼 선명"한 위험의 기호를 남긴다. 실패를 경험한 자만이 체감하게 되는 위험은 "평생을 밀고 왔을" 누군가의 시간 속에 언제나 도사려 있다.

3. 하얗게 빛 바랜 시간 너머

  김용권 시의 주제인 내려놓음은 마음 수양과 엮여 있다. 투쟁하고 고투하는 동안 격렬해진 감정을 다스리고, 서로 다름을 인정하고 존중하는 마음은 화쟁 정신에서 온다. 제단祭壇이나 경전의 비유인 다랑이 논의 이미지를 선명하게 그린 「라이스 테라스」, 터만 남은 절의 "폐허에도 빛나는 이름"(「영암사지」)은 아직 살아 있으니 그 이름은 "부처"다. 시인은 못나고 아픈 와불들이 형편껏 다른 자세를 취하고 있는 어느 마을을 둘러보면서 심신의 위로를 받으라고 귀띔한다(「천 불 천 탑」). 이 시인에게 구도란 생활 터전과는 다른 지형에서 화엄과 불륜佛輪을 따라가는 일이며, 세속에서의 혈투나 부자유를 벗어나 마음을 다스리는 일이다(「굿모닝 와불」). "산사람은 떠나고/ 붙들려 온 소문"(「산동에서」)과 관련해서는 모두 입을 닫아야 했거나, 혈투 없이는 자유도 얻을 수 없다고 믿었던 시대에는 다음 같은 사건이 있었다.

  전생을 들여다본다

  죽어서야 머리가 나온 구상나무는
  제 살가죽을 태워 산을 넘고 있다

  구원처럼 끌고 가는
  구름의 부푼 행렬 속에 뼈만 남아 있다

너의 죄는 왜 그리 하얗던가
여기, 저기 쓰러진 것은 백록이었다

돌의 짓이라고
바람의 짓이라고

죽음은 얌전하게 땅에 쓴 지문,
살아서 쓴 것은 모두 헛것이었다

총알을 입고 온
우리 모두는 난민이었다

사월 초사흗날,
제주에 굴뚝은 일시에 연기가 오른다

파문도 없이
떨어지는 동백 속으로 오늘 밤,
내가 날아간다

—「비설飛雪」 전문

　이 사태는 제주 섬의 근현대사와 얽혀 있다. 재현의 문학
이 얼마만큼 실제 역사에 밀착하느냐는 문제에서 언제나 중
요한 것은, 저러한 현실에서의 인간 문제다. 어느 시점에
대거 사라져 버린 사람들에게 대체 무슨 일이 닥쳤던 것인

지 물음으로써 감춰진 역사의 피막이나마 걷어 낼 수가 있다. 시인이 쓴 대로, 죽어서 백골처럼 하얗게 빛이 바랜 구상나무, 흰 사슴의 순한 이미지, 날리는 눈발과 총알, 봉화처럼 '그날' 일시에 연기가 올라갔던 굴뚝들. 그리고 떨림도 없이 단숨에 떨어지는 동백, 날아다니는 눈발. 이러한 표징들로 미루어 보건대 이 시는 4·3 발발 후 74년의 시간을 압축해 넣어, 선민의 죽음을 둘러싼 현실을 음소거할 수밖에 없었던 정황을 전한다. 사람의 백골 같은 '죽은' 구상나무, "저기 쓰러진" "백록", "떨어지는 동백"의 비유는 억울하게 죽은 이들의 뼈가 흩어져 있는 산야로 우리를 데려간다. "파문도 없이" 조용히 죽어 버린 사람들의 혼이 흰 눈처럼 날리는 저 광경은 이 시의 바탕색을 온통 흰색 일색으로 바꿔 놓는다. 죽어야 하는 이유를 모른 채 죽어 골편으로 흩어져 있었던 시간은 저렇게 하얗게 빛이 바랬다. 그밖에도 어느 섬에서는 "항변이/ 죽창으로 일어서던 한때"(「지죽도支竹島」)가 있었다. 그때는 농민군의 피가 구름처럼 번지면서 "벗겨진 죽편을 타고" 불길이 "하루를 갔다".

이 시집을 통틀어 볼 때 김용권은 열정에 겨운 말로 에너지를 발산하는 시인은 아니다. 정갈한 언어로 이 세계에 대해 말하면서, 자신에게 들어오는 말도 번잡하지 않기를 바란다. 거시 세계와 미시 세계로 눈을 돌리되 세속 잡사에 매몰되지 않고 그것을 정신적으로 고양한다. 때로는 냉정하게 보일 만큼 자신이 가진 것을 덜어 내면서 진정한 삶의 의미를 탐사하기도 한다. 따라서 그의 시에서 게걸스러운 욕망의 비유를 발견하기란 어렵다. 욕망을 채우기보다 있는 것마저 비우는 감각으로 그는 이 세계를 대면한다. 삶을 정리하는 시점에 이른 사람처럼 가차 없이 행위하는 시적 화자들이 당황스러울 때도 있으나, 이들이 우리의 탐욕을 성찰케 한다. 덜어 내고 비워 내는 일은 깨달아 알게 된 자의, 자신을 향한 내밀한 반사 행위, 즉 성찰의 자세다.

이 시인의 언어에는, 내려놓는 일이 일상의 과업이어야 하는 까닭을 생각게 하는 능력이 있다. 욕망의 퍼레이드를 펼치지 않는다 해서 시가 재미없다고 선을 긋지 못한다. 재미있는 시는 인간의 욕망을 발가벗기면서 조롱하지만, 김용권은 욕망을 조롱하지 않고 연민하고 관용한다. 설령 시적 대상이 추상 관념이라 할지라도 그것을 놓고 함부로 말놀이를 벌이지 않는다. 이 세계를 보는 넓은 시야를 가졌기에 타자와의 갈등을 시화하는 일과도 거리를 둔다. 광대한 세계를 만나는 자아가 정중동의 언어를 한 땀 한 땀 박음질해 나가게 하면서 시를 쓴다.

번잡한 세속사나 주변인을 다루지 않는 김용권 시는 조용하다. 사색하는 시간에 시인이 깨닫는 그 어떤 추상은 언제나 언어로 온다. 시인의 언어가 추상적인 것도 여기에 이유가 있다. 김용권은 결핍과 허기의 시를 넘어 내려놓기와 덜어 내기의 시를 쓴다. 결핍 감정은 허기를 생산하지만, 덜어 내는 마음은 허기와 결핍을 의식하지 않는다. 의식을 점령하는 것이 결핍감과 허기감일 때 인간의 마음마저 욕심덩어리로 물화한다. 마음이 공허로 채워진 자들의 결핍을 채워 줄 방법은 이 세계에 존재하지 않는다. 그 해법은 대체로 피안에 있다. 김용권 시의 화자가 조용히 움직이면서 만유를 사유하는 그러한 세계 말이다.